LES

PREMIERS JOURS

POÉSIES

PAR

PHILIPPE D'ARBAUD-JOUQUES.

1822.—1836.

Μετὰ θαρδίτων ἀειδων
ANACRÉON.

—⁓⁓—

PARIS

CHEZ GARNIER FRÈRES, LIBRAIRES,

Rue Saint-André-des-Arts, 3.

—

1839.

LES PREMIERS JOURS.

MARSEILLE.

Imprimerie et Lithographie de Jules Barile

RUE PARADIS, 13.

LES

PREMIERS JOURS

POÉSIES

PAR

PHILIPPE D'ARBAUD-JOUQUES.

1822.—1836.

Μέτὰ βαρβίτων ἀείδων
ANACRÉON.

PARIS

CHEZ GARNIER FRÈRES, LIBRAIRES,

Rue Saint-André-des-Arts, 3.

1859.

AVANT-PROPOS.

—◆—

L'Auteur était loin de songer à publier ces œuvres de sa première jeunesse et les avait même perdues de vue, depuis longtemps. Un jour, ces poésies s'étant retrouvées, sous sa main, ce charme, lié au souvenir du jeune âge, ce faible, enfin, qui nous attache à nos premières productions, l'ont subjugué au point qu'il n'a pu se décider à les toutes sacrifier. Il a été même jusqu'à penser que la publication de quelques unes pourrait distraire un instant celui qui, par hasard, viendrait à les lire. Il s'est donc mis à les revoir et ce n'a pas été sans peine, car chacune de ces pièces n'avait eu, dans le temps, d'autre règle que le caprice d'un jour. Il n'a pas tardé à reconnaître que de tous les genres de poésie le plus difficile à traiter, dans notre langue, est assurément l'Anacréontique, parce que, ressérré dans un court espace et traversé par les entraves qui gênent notre versification, il doit cependant rendre d'une manière précise et avec cette apparente facilité qui demande les plus grands soins, * une

* « Ce sont les ouvrages faits à la hâte, dit Boileau, et, » comme on dit, au courant de la plume, qui sont ordinairement » secs, durs et forcés. Un ouvrage ne doit point paraître trop » travaillé ; mais il ne saurait être trop travaillé, et c'est souvent » le travail même qui, en le polissant, lui donne cette facilité

action dont le naturel ne laisse rien à désirer, un discours auquel la logique ne trouve rien à reprendre. L'Auteur ne terminera point, sans protester contre la doctrine facile que ce recueil contient, en plus d'un endroit, et qui, du reste est inséparable du genre poétique adopté par lui, à une époque de sa vie. Il désire même que le lecteur n'y voie qu'une de ces formes qui tendent à rapprocher la Muse des temps modernes de celle de l'antiquité.

» tant vantée qui charme le lecteur. Il y a bien de la différence
» entre des vers faciles et des vers facilement faits. Les écrits de
» Virgile, quoique extraordinairement travaillés, sont bien plus
» naturels que ceux de Lucain, qui écrivait, dit-on, avec une
» rapidité prodigieuse. C'est ordinairement la peine que s'est don-
» née un auteur à limer et à perfectionner ses écrits, qui fait que
» le lecteur n'a point de peine en le lisant. » BOILEAU, *préface*
» *de l'édition* de 1701.

LES PREMIERS JOURS.

I.

LA ROSE ET LE PRINTEMPS.

Chant Bachique.

—

Chantons, en un joyeux délire,
La rose, délice des sens !
Fraîche rose, humecte ma lyre :
Prête ton charme à mes accents.

Dès la fuite de mon aurore,
J'osai décrire ta beauté. *
Ma jeunesse ose plus encore
Et dira ton sort enchanté.

* Il s'agit ici d'une ode , que l'auteur appréciait encore dans sa jeunesse et qui, en dernier lieu, lui a paru trop mauvaise, pour être reproduite.

Tu nais ; le zéphyr te caresse.
Il entr'ouvre ton incarnat,
Et l'aimable vierge s'empresse
D'en orner son sein délicat.

Des beaux jours tu sèmes les traces.
Plus tard, on te voit, en feston,
Disposer, sous la main des Graces,
La couronne d'Anacréon.

Fleur du plaisir et destinée
A rappeler sa douce loi,
Ce mois le plus beau de l'année
Veut s'embellir encor par toi.

Le matin, dès que la nature
Sourit, dans toute sa fraîcheur,
De tes feuilles, sur la verdure,
Berce l'odorante rougeur.

Le soir, embaumant, sous la treille,
La douce joie et le bon vin,
Garde encor ta robe vermeille :
Sois reine encor jusqu'au matin.

II.

LES COLOMBES.

—

1re COLOMBE.

Grisâtre et douce colombe,
Que nous cherchions vainement,
Te voilà, quand la nuit tombe.
Mais, quel aimable ornement ?
De cette rose pourprée,
Non, la main, qui t'a parée,
N'ensemence les guérêts,
Ou, s'armant d'un fer sauvage,
Ne va porter le ravage
Dans l'enceinte des forêts.

IIe COLOMBE.

C'est peu que je sois coquette :
Je te donne, pour certain,
Qu'aujourd'hui je ne regrette
Le goût d'un sauvage grain.

Un pâtre, dans la ramée,
Ma surprise et trop aimée,
Pour me rendre aux vastes airs.
Il a captivé mon aîle
Et m'a portée, avec zèle,
Chez un jeune ami des vers.

Chez lui, je passe ma vie
Plus heureuse que jamais.
Il prend de son pain la mie,
Qu'il prodigue à mes souhaits.
Il fait des vers que j'inspire.
De son verre, qui m'attire,
Il me présente les bords,
Et, quand, soule, je succombe,
Sur ses écrits, où je tombe,
J'étends l'aîle et je m'endors. *

* Voyez la note 2ᵐᵉ.

Mais, pendant que je babille,
Voilà que j'entends des pas
Résonner, sous la charmille.
C'est lui ; je n'en doute pas.
Si tu n'étais si sauvage,
Je te dirais : Viens, partage
Ma douce captivité.
Avec moi, viens vivre, en fête.

1re Colombe.

Adieu ! loin de ton poète,
Je vais vivre, en liberté.

III.

A UN RICHE ORGUEILLEUX.

—

L'or au marbre unit sa splendeur,
Aux lieux, où ta fierté repose.
Le mets, que l'abeille compose,
A tes vins transmet sa douceur.

Mais vois la rose épanouie,
Comme le pavot, se flétrir :
De l'Homme ainsi passe la vie,
Et, riche ou pauvre, il faut mourir.

Un riche, d'une humeur si fière,
Chez les morts enfin descendu,
Avec le pauvre confondu,
Que sera-t-il ? Ombre et poussière.

IV.

RETOUR DE LORD BYRON, EN GRÈCE (1824).

—

Sonnet Mythologique.

—

Un soir, que, des neuf Sœurs écoutant les concerts,
Les Immortels goûtaient la céleste ambrosie,
A leurs nobles enfants un tyran de l'Asie
Prodigua, dans Athène, et l'injure et les fers.

L'hymne cesse. Junon trouble déjà les airs.*
Le ciel gronde, éclairé par son maître en furie,
Et les vents, frémissant sous l'antre d'Eolie,
Du sceptre, qui l'entrouvre, appelent un revers.

Mais, de l'arc radieux, Iris prompte s'élance :
« De l'Occident, dit-elle, un combattant s'avance,
» Byron, dont le génie annonçait le grand cœur. »

Jupiter; ces accents de tes lèvres volèrent :
« Un poète s'armer ! tout l'Olympe est vainqueur. »
Et, dans la paix des cieux, les chants recommencèrent.

---

* Junon était la déesse qui présidait aux airs. Son nom grec Ἥρη
signifie : *Air.*

V.

A UNE JEUNE VOYAGEUSE.

—

Belle fille, aux noirs cheveux,
Brune, aux traits si gracieux,
Déjà plus rien ne t'arrête :
Le zéphir, la voile prête,
Tout favorise tes vœux.
Quand tu seras au rivage
De ce bleu Guadalquivir,
Qui, pris d'amour, peut ravir
Une fille de Pélage,
D'autres lieux, d'autres climats
S'offriront devant mes pas.
A notre existence unie,
Ainsi des astres errants,
Pour nous, la course varie
Et nous conduit, dans la vie,
Par des chemins différents.

VI.

L'ENLÈVEMENT DES SABINES.

—

Peuples, la défiance a surveillé vos jeux,
    Du jour, où la jeune étrangère
Par les enfants de Mars fut ravie à sa mère.
Ce n'était point alors un théâtre pompeux,
Dont l'enceinte superbe et de couleurs ornée,
De trois rangs de clartés, le soir, illuminée,
    Du peuple-roi recevait les aïeux.
    D'ais mal unis spacieux assemblage,
        Le nouveau théâtre latin
        N'eut, pour ornement, qu'un feuillage,
Cueilli, sans frais, sur le mont Palatin.

        Accueilli, sous ce vert ombrage,
Les Sabins, à la fête, ont pris place. Leurs cœurs
        S'ouvrent, sans réserve, à la joie.
Mais vous, gardez ce voile, ô vierges. Qu'on ne voie

Et votre doux sourire et vos traits enchanteurs !
Craignez Rome, craignez les Romains spectateurs.
Vous appelez les jeux : ils attendent leur proie.

La trompette s'entend, éclatante. Les airs
S'emplissent aussitôt de rustiques concerts.
Ces derniers ont cessé. La scène s'ouvre : on danse,
Et la flûte toscane a marqué la cadence.
Mais l'Osque étant venu pour attirer les yeux
Sur son masque d'écorce, au baillement hideux,
Le signal est donné. D'un transport unanime,
Troublant soudain le rire, excité par les jeux,
Un peuple, alors perfide et plus tard magnanime,
Un peuple entier se lève et, sur tous les côtés,
L'enceinte voit rouler ses flots précipités.

Désertant les genoux de vos mères plaintives,
Vierges, sur les degrés, vous courez, fugitives,
Voyant ces fiers pasteurs, ardents comme aux combats,
En tumulte, vers vous, accourir à grands pas.

2

O surprise! ô terreur! Celle-ci, refoulée,
Dans l'enceinte s'élance et fuit, poussant des cris.
Celle-là, joint ses mains et pleure, échevelée.
Celle-ci, de ses yeux cruellement surpris,
Ne voit plus ses parents. Dans sa détresse amère,
Elle cherche, réclame, appelle en vain sa mère.
Et toi, qu'à cet autel, de leurs bras entouré,
Leurs gémissantes voix ont en vain imploré,
Neptune, un dieu plus fort, Mars poursuit son ouvrage...
Il triomphe. Une seule aux forces d'un Romain
Résiste, de ses doigts déchire son visage
Et va se dérober à sa nerveuse main,
Mais ses genoux sont joints, sous un bras qui les presse;
Sur sa large poitrine, elle se voit soudain,
Et lui, ravi d'orgueil, de joie et de tendresse :
« Vierge, à présent, dit-il, c'est résister en vain :
» Je vous tiens!... A l'autel je conduirai vos charmes.
» Calmez un vain effroi. Séchez d'injustes larmes.
» On aima votre mère : aimée, à votre tour,
» Vous aurez un époux et connaîtrez l'amour. »

VII.

EXCURSION DE ROME A NAPLES.

—

Ville éternelle, pardonne,
Si, pour un mois, j'abandonne
Et ce blond Tibre et tes murs.
Déjà la folâtre Automne,
Le front ceint de raisins mûrs,
M'a crié d'accourir vîte,
Pour jouir de ses beaux jours,
Que l'Hiver va mettre en fuite.
C'est à Naples que je cours.
Pardonne au soin qui me presse
De voir d'un rivage heureux
La Sirène enchanteresse,
Parthénope, douce hôtesse
Et des plaisirs et des jeux.

VIII.

BACCHANALE ANTIQUE.

—

L'INITIÉ.

Quelle chaleur nouvelle
Pénètre dans mes sens ?
Des bacchantes m'appelle
Le cor, aux longs accents.
Vite, que, pour parure,
Du pampre la verdure
Etreigne mes cheveux !
Je veux, dans mon audace,
Je veux suivre la trace
. Du plus charmant des dieux.

Troupe aimable et lascive
Où me conduisez-vous ?
Quelle est donc cette rive ?
Dans quel lieu sommes-nous ?

Sans doute que ta fête,
Grand dieu du vin , s'apprête
Où nous sommes venus ,
Car, déjà je contemple ,
Dans la colline , * un temple
Et des bois inconnus.

Bacchus ! le temple s'ouvre ,
Appelant les buveurs ,
Et le gazon se couvre
De tes bonnes faveurs.
Les outres sont portées ,
Les cimbales heurtées.
A leur sonore bruit ,
Quel grand peuple s'empresse ?
Par ta sainte allégresse
Il arrive, conduit.

* Cette colline est le Pausilippe. Le temple n'existe que dans l'allucination du personnage que l'auteur fait parler. Le tombeau de Virgile , plus blanc dans sa nouveauté qu'il ne l'est aujourd'hui , lui produit , de loin , cet effet.

Coule, jus de la treille,
Des outres délivré.
Ris, en fuite vermeille.
Luis, d'ambre coloré.
Dieux! ces tables dressées
Vont être renversées....
Assurons leur repos.
Montez, montez, par troupes,
Echansons! Haut les coupes!
Du vin, à larges flots!

Iö!! Fils de Sémèle,
Que fais-tu donc, aux cieux?
Viens! Qu'au banquet se mêle
Le plus charmant des dieux!
Viens, grand diseur d'oracles,
Grand faiseur de miracles!
Viens donc, père Bacchus,
Voir ta gloire suprême,
Dans ton prêtre lui-même
Qui ne se soutient plus.

Vois, père, vois les tables,
Sur deux pieds, chanceler,
Et tes brocs délectables,
Sur le gazon, rouler.
Vois! vois! Partout le trouble
Et s'étend et redouble.
Ah! s'étonnant enfin,
La bacchante succombe.
Tables, buveurs, tout tombe
Dans des ruisseaux de vin.

IX.

UNE BACCHANTE.

(Suite du sujet précédent.)

—

Dans un sommeil officieux,
A passé le vin de la veille,
Bacchus a déserté ces lieux.
Beautés, qui chérissez la treille,
De Glaphire, votre merveille,
Venez voir le rêveur maintien.
Un soin l'attriste : le lien,
Dont son épaule était parée,
A perdu sa teinte azurée.
Ce soin, au sortir du repos
Qui l'a de vapeurs délivrée,
Ne dit pas qu'elle est consacrée
Au seul dieu des joyeux propos.

X.

VISITE AU TOMBEAU DE VIRGILE.

—

De l'immense laurier, qui, vainqueur du Destin,
  Couvre ta tombe et, seul, se renouvelle,
    Divin Virgile, si ma main
Effeuille tant soit peu cette branche immortelle,
C'est qu'un arbre si noble est consacré par toi.
Ses feuilles, je le sais, ne verdissent pour moi,
    De qui le mérite est à peine
    D'avoir, loin de tout embarras,
Au déclin d'un beau jour, étendu sous un chêne,
Et, sur le gazon frais, laissant peser mes bras,
    Murmuré les ébats
    De l'ode Téïène.

XI.

ASTÉRIE.

—

Humble luth, redis-moi, d'une corde attendrie,
Un vœu, surpris hier à la jeune Astérie :
« Mégistus, disait-elle, auteur de tous mes maux,
» Parthénope t'a vu, sur les amères eaux,
» Fuir, hélas! et laisser, dans ma triste pensée,
» Une image, que rien n'a depuis effacée.
» Le jour, je pense à toi. Je crois te voir, la nuit,
» Et passe du délire au regret qui le suit.
» L'aube vient, sans calmer l'ardeur qui me dévore.
» Adolescent fatal! sous des cieux que j'ignore,
» A d'autres donnes-tu la joie et le repos?
» Malheureuse! et de qui le savoir? De ces flots?
» Mais, pourquoi souhaiter de lointaines nouvelles?
» Amour! puissant Amour! accorde-moi des aîles :
« Que je vole et revoie, au-delà de ces mers,
» Mégistus, dut-il être où finit l'univers! »

XII.

L'ONYX.

—

Que j'aime cet onyx, où l'art, qui plaît aux yeux,
A creusé les beautés d'un dessin merveilleux !
D'abord c'est le soleil, qu'entoure la lumière.
Sa sœur est en regard et, sous elle et son frère,
Sept étoiles sont l'Ourse,* au coucher menaçant.
Au dessous, c'est Bacchus, au cortége dansant,
Bacchus, charmant, couché dans son char diaphane,
Tel qu'il parut aux yeux de la belle Ariane.
Plus bas, au luth folâtre accordant sa chanson,
Est assis un vieillard, sans doute Anacréon.
Il est sous une treille, où le pampre l'ombrage.
Une douce gaîté règne, sur son visage.
Près de lui, des enfants représentent les jeux
Et les Graces, de fleurs, ornent ses blancs cheveux.
S'étendant sur les bords, l'Elycrise environne
Ce précieux travail, dont il est la couronne.

* Constellation.

XIII.

CHANSON BACHIQUE DE L'AVARE.

—

Tout dort, porte close,
Dans cette maison.
Bacchus, enfin j'ose
Te faire raison.

J'ai, sous ma couchette,
Du bon vin caché,
Sans bruit ni trompette,
Bientôt débouché.

Ainsi, viens, ô père
Des pensers joyeux,
Viens : le même verre
Servira, pour deux.

XIV.

CIMAROSA
(Sonnet imité de l'Italien.)
—

Celle que la douleur, près d'une urne adorée,
Sur les pas d'un époux, conduisit au tombeau,
Vit son chantre passer, dans ce bois toujours beau,
Où la joie et la paix comblent l'âme énivrée :

« Cimarosa » dit-elle à cette ombre entourée
D'autres qui la suivaient, sous un riant berceau,
« Aurais-tu terminé le chef-d'œuvre nouveau,
» Où ma peine revit, dans tes chants célébrée ? »

Il l'interrompt alors, par des sons ravissants.
D'Artémise, étonnée à ses tendres accents,
L'infortune gémit, sur sa lyre immortelle.

O pouvoir de son art, maître à jamais des cœurs !
Il chantait et bientôt, pour l'épouse fidèle,
Disparut l'Elysée et revinrent les pleurs.

XVI.

GLAPHIRE.

—

Non, rien ne saurait plus m'arrêter, dans ces lieux.
Glaphire, pour jamais, dépose
Le ruban, dont la pourpre ornait ses noirs cheveux.
Belle Vénus à peine j'ose
Nommer l'autel, où doit bientôt, hélas!
L'échanger une main, par tes soins embellie....
C'est l'autel d'une vierge, encor plus que Pallas,
Que Diane ton ennemie.

XVII.

DE RETOUR A ROME.

—

Rome, en tes murs je me revois.
Tu n'es donc celle qu'autrefois,
Tant de rêves m'avaient dépeinte!
Tu sers Dieu, mais c'est par contrainte.
Tu te souviens de tes héros,
Mais, pour trafiquer de leurs os
Qui renchérissent l'urne atteinte
Par tes fils, dans son froid repos,
Tes fils! prêts, contre des lingots,
A livrer l'airain de Corinthe.
De Bélisaire ces remparts,
Dont tu te vis au loin étreinte,
Tombent croulant de toutes parts.
Qu'admirer, en toi? Ces beaux arts,
De ta grandeur dernière empreinte.
Hélas! dès mes plus jeunes ans,
Je brûlais de voir ton enceinte,

Rêvant tes siècles triomphants,
Et que tes modernes enfants
Leur prodiguaient amour et crainte.
De grands songes m'avaient séduit.
Leur chimère, qui se détruit,
M'arrache cette juste plainte.*

* L'auteur venait de quitter Naples et ses agréments. Le
séjour de Rome ne tarda pas à lui devenir insuportable. L'année
suivante (1835), le choléra sévissant de toutes ses forces, dans
les contrées méridionales de la France, force lui fut d'y rester
jusqu'en 1836 ; mais grâce aux connaissances qu'il eut l'honneur
d'y faire, il finit par s'y attacher et avoir de la peine à s'en éloigner,
comme on peut le voir, par les dernières pièces du recueil.

XVIII.

FLAVIA.

—

La Mort ravit à ses parents
Flavia, dans un âge tendre.
Sous peu d'espaces transparents,
Une urne légère eut sa cendre.
Une femme alors s'avança,
Le front couronné de verveine,
Prit cette urne, remplie à peine,
Pleura, sur elle, et l'embrassa,
Disant : « Adieu, petite fille,
». Moins à plaindre que ta famille !
» L'Amour, de ses vives douleurs,
» Eut, un jour, affligé ta vie.
» Tu n'eus de regret ni d'envie,
» Et descends, exempte de pleurs.
» Hâte-toi : franchis la limite.
» Les spectres, venus du Cocyte,
» Et les aboyantes fureurs
» Du triple et veillant satellite

3

» L'assiégent d'un constant effroi.

» Parviens à la rive éternelle;

» Là Caron, souriant, t'appelle.

» A ses bras abandonne toi

» Et qu'il te pose, en sa nacelle!

» L'Innocence y vient, avec toi. »

XIX.

TOMBEAU D'UNE COURTISANE.

—

Sous cette pierre, dort la belle Célimène.
De Livie, en été, sous le portique frais,
    On vit la jeunesse romaine
    L'entourer, la servir en reine,
Car son mérite égala ses attraits.
    Des amants, qui portaient sa chaîne,
    Pas un ne la vit, inhumaine,
De le désespérer se donner le plaisir.
    Entre eux on ne la vit choisir,
Car son cœur eut, pour tous, la même indifférence.
Celui qui, dans le port, crut à la préférence,
Grava, sur cette tombe, afin de s'honorer,
Une ancre. Il y joignit ces flèches qui, je pense,
Sont les armes du dieu qui la fit adorer.

XX.

L'AMOUR LOGICIEN.

—

Juin 1835.

Hier, l'enfant de Vénus
    Vint , par aventure ,
Près de moi, de ses pieds nus ,
    Fouler la verdure.
J'étais , dans l'ardeur du jour,
Assis , loin de mon séjour,
Où de Metella la tour
    Donne une ombre sûre.

Là , je cherchais mes profits
    A lire Lucrèce
Qui veut Vénus , loin d'un fils ,
    Dont l'arme est traîtresse.
L'Amour dit : « Me dessaisir
    » De ma mère et du plaisir !...
    » Et comment ? Leur seul désir
      » Vient de ma tendresse. »

XXI.

L'AVENIR DE LA PEINTURE.

--

Raphaël, tu finis, comme on voit des nuages
Le matinal éclat disparaître soudain.
Ton œuvre est demeurée, en ces mortels parages ;
Mais, comme un son d'Homère ou du cygne romain,
    Vivra-t-elle dans tous les âges ?

Tu l'as soumise au Temps, ce destructeur certain,
    Qui, non content, par ses outrages,
De réduire le marbre et d'abaisser l'airain,
Porte, déjà, sur elle, en de constants ravages,
Sa faulx inéxorable et son avare main.

XXII.

LE TRIOMPHE DE LA POÉSIE.

(Sonnet.)

Tu n'es plus la terreur des peuples et des rois,
Capitole. D'où vient, quand les airs s'obscurcissent,
Que mes genoux tremblants, sur ton sommet, fléchissent,
Et qu'une horreur divine intercepte ma voix?

Est-ce un triomphateur, que debout j'aperçois?
Oui. Les bœufs du Clitumne, en l'amenant, mugissent.
De dépouilles chargés, cent chars pesants gémissent.
Rome va donc, ici, couronner ses exploits !!

Mais tout change. Un vainqueur, assis et pacifique,
Vient, foulant les débris de la Fortune antique....
Des Muses j'entends l'hymne et reconnais les pas.

C'est Pétrarque. Il me dit : « La plus belle couronne
» N'attend point qu'un héros revienne des combats :
» Le poète la prend, car c'est lui qui la donne. »

XXIII.

PRESSENTIMENT.

(Sonnet.)

Février, 1836.

—

Quitter une cité, du monde encor l'asile,
Et que rien des grandeurs ne saurait dessaisir,
Ce roc, voyant, de loin, vaincu, mais immobile,
Son vainqueur jusqu'au ciel élever mon désir;

Laisser une retraite où tour-à-tour Virgile,
Arioste et Pétrarque enflamment mon loisir,
Ce clavier, que, le soir, je retrouve docile
A réveiller les sons que mes doigts vont choisir,

Tel sera mon devoir. Quelle sera ma peine,
Alors que Rome, ayant plus d'un titre à ma veine,
Aujourd'hui, dans mon cœur, est encor l'univers?..

Tristesse, éloigne-toi. Crains d'être devinée
Par celui dont la plume osa tracer ce vers :
La Patrie est aux lieux, où l'âme est enchaînée.

XXIV.

RETOUR EN FRANCE.

—

A bord du Pharamond, 13 Juillet 1836.

J'aperçois les rives de France.
Le vaisseau, qui vers nous s'avance,
Les quitte et, chargeant ses agrès,
Tout ce festoyant équipage
Ignore que faire un voyage
C'est aller chercher des regrets.

—

ENVOI.

—

Montpellier, Février 1848.

Va, petit livre, va, par le luxe embelli,
A Rome, où le bonheur t'appelle.
Tu trouveras, dans la ville éternelle,
Des amis, que mon cœur n'a point mis en oubli.

Je ne t'y suivrai pas, n'y voulant reparaître.
  Lorsque je vins à la connaître,
J'étais dans mon printemps et sens fuir mon été.
  Du même charme y serais-je arrêté?
Oublîrais-je deux fois les lieux qui m'ont vu naître?

LES AMANTS MALHEUREUX

POÈME BACHIQUE

Composé dans l'année 1823.

> Les aucuns sont morts et roydis ;
> D'eulx n'est-il plus rien maintenant.
> Respit ils aient en paradis,
> Et Dieu sauve le remenant !
>
> VILLON.

LES AMANTS MALHEUREUX

POÈME BACHIQUE.

LA TABLE.

I.

L'INVITANT, PREMIER AMOUREUX.

Choisissons ce riant côteau,
Où se perd l'ardeur du mirage.
Ces pins nous prêtent leur ombrage.
Près de nous, coule un frais ruisseau.

Que ces fleurs du Plaisir, ces roses,
En un massif délicieux,
Rougissent, devant nous écloses,
Et le rappellent à nos yeux.

Compagnons, (*) la vie est un songe,
Que le Plaisir doit enchanter.
Eh ! quoi ! nous irions l'attrister ?
Par l'amoureux soin qui nous ronge ?

Voici du vin : consolons-nous.
En amour, narguons les disgraces,
Et, pleins de transports les plus doux,
Des voluptés suivons les traces.

(*) Cette expression ne signifie point ici : *Compagnons du devoir*,
mais *Compagnons d'Amour*. Elle est employée par Clément Marot,
dans son *Dialogue des Deux Amoureux*.

II.

LA PRIÈRE A BACCHUS

—

DEUXIÈME AMOUREUX.

Voyez-vous, amis, ces nuages
Qui se rapprochent dans les cieux?
Déjà, tout annonce à mes yeux
Le plus maussade des orages.
N'importe : prenons du bon temps,
Sans quoi, l'Amour a la victoire.
Bacchus, il y va de ta gloire :
Chasse l'orage et nous défends
De l'eau, qu'il veut nous faire boire.
Camarades, allons! en train!
Bacchus va forcer le Destin
A nous être plus favorable.
Il va même le rendre aimable,
Pendant qu'en un joyeux refrain,
Nous dirons ces biens de la table,
La douce joie et le bon vin.

III,

LA MORALE.

—

TROISIÈME AMOUREUX à un invité.

Toi qui voudrais bannir une vague tristesse,
        Etranger, mon ami,
Si tu suis mes conseil, le marasme ennemi
Va, chez toi, faire place à l'ancienne allégresse.

Content de ton avoir, laisse de ses trésors
        Raffoler l'Avarice.
Au prochain garde toi de porter préjudice,
Et mets, pour t'en moquer, la Vanité dehors.

Du reste, ouvre ton cœur à la bonne Franchise,
        A la saine Gaîté.
Mais ne vas pas viser à l'Amabilité :
Ici, nous passons tout, si ce n'est la Sottise.

Suis ma règle : hors de là, point de contentement.
          Pour l'amour, son remède
C'est Bacchus. Oui, bois bien, si l'amour te possède :
C'est le moyen, mon cher, de calmer ce tourment.

IV.

LES TOASTS.

—

QUATRIÈME AMOUREUX.

Viens donc! tu te fais bien attendre,
Petit! Débouche encore du vin.
Bien! Demeure. Je vais apprendre
Aux nouveaux (*) les lois du festin.

Verse : Je bois à Célestine.
Frères, buvez à votre tour.
Autre coup : C'est à Baptistine.
Autre.... J'allai dire : A l'Amour.

A ton rôle, enfant! De le faire
Prends soin et ne te lasses pas.
Voyons donc : penses-tu me plaire,
En me laissant tendre le bras?

* Il fait une allusion indirecte à l'invité auquel la parole est
adressée dans l'ode précédente.

Bien ! Aux autres. Dans ma mémoire,
Frères, j'ai vingt, trente chansons;
Mais, avant : Bacchus, à ta gloire!
A celle de tes nourrissons !

Bacchus! Oh! du feu, par qui tourne
La terre avec l'émail du pré,
Vient ton feu... Qu'ici je séjourne!...
J'ai, dans l'herbe, un lit préparé.

Chantons pourtant... Mais votre rire
Me rend le cerveau tout confus :
C'est pourquoi je vais, sans rien dire,
Dormir, en l'honneur de Bacchus.

VI

L'AURORE.

—

Sortie de table des Amants malheureux.

—

L'INVITANT.

Holà ! compagnons !! le lointain,
A mes yeux déjà se colore.
Oui, nous sommes au lendemain.
Debout, et le verre à la main,
Avec moi, saluez l'aurore.

Debout ! car l'alouette aux airs
Chante déjà sa ritournelle.
Ne craignez rien, les yeux ouverts :
Il n'est plus de pas de travers,
Il n'est plus de pied qui chancelle.

Avouez qu'il vaut cent fois mieux,
Dans un vin qui nous y convie,   ·
Noyer un amour malheureux,
Qu'aller, de l'air le plus piteux,
Faire un roman de notre vie.

Voyons s'il en reste, en chemin...
Comment ? Rien, pour fêter l'aurore ?..
Vite, le serrement de main.
Séparons-nous, jusqu'à demain,
Et, demain soir, buvons encore. *

STANCES

———~~~~~~———

Lyre, jadis, en tes merveilles,
Quelle docte variété !
Chaque fois, par leur nouveauté,
Que tes sons charmaient les oreilles !

Déjà la Muse des héros
A, par la main, conduit Homère.
Je vois d'Achille la colère
Du Xanthe épouvanter les flots.

Dans Naple, elle inspire Virgile,
Dont la flûte avait, loin des cours,
Redit les champêtres amours *
Et rendu la plaine fertile.

---

* Théocrite avait fait ses *Idylles* longtemps avant que Virgile
eût composé ses *bucoliques*.

Pindare chante, chez les dieux.
Tibulle attendrit l'Elégie.
Nason de la Mythologie
Déroule les trésors pompeux.

Anacréon convie Horace.
Catulle appelle les Amours;
Mais Horace revient toujours,
Près du Thébain*, prendre sa place.

Délice de l'Antiquité,
Charme des cœurs et des oreilles,
Lyre, en tes plus rares merveilles,
Quelle docte variété!

* Pindare était né à Thèbes, en Béotie.

NOTES.

L'Auteur a écrit ces notes à la hâte, et pendant l'impression de l'ouvrage. Il réclame donc l'indulgence du lecteur pour ce qu'elles pourraient laisser à désirer.

NOTES

LA PREMIÈRE PARTIE.

——⸻⸻——

I. (Page 9.)

Sois Reine encore jusqu'au matin.

Horace et Ausone ont parlé du peu de durée de la Rose, mais sans lui préciser de terme. J'en dirai autant du Tasse, dans la brillante imitation que celui-ci a faite, au seizième chant de son poème, du second des poétes que j'ai nommé. Il n'en a pas été de même des poètes Français. Ronsard donne à la Rose un jour d'existence :

> O vraiment marâtre nature,
> Puisqu'un telle fleur ne dure
> Que du matin jusques au soir !

Malherbe enchérit, sur Ronsard, dans ces deux vers, pleins de grâce et d'harmonie :

> Et, rose, elle a vécu, ce que vivent les roses,
> L'espace d'un matin.

Mais l'expérience est là pour prouver que sur leurs tiges comme ailleurs, les roses et même les plus belles ont plus d'un jour à nous charmer.

II. (Page 10.)

Grisâtre et douce Colombe.

Dans cette ode, imitée très partiellement d'Anacréon et seulement dans quelques détails présentés par la troisième strophe, une colombe en rencontre une autre captive. Dans celle du poète grec, une colombe, qui est sa messagère, a rencontré des passants qui l'interrogent et auxquels, avant que de parler de sa captivité et d'en vanter, comme celle-ci, les avantages, elle commence par rendre compte de sa mission. Le premier vers de son ode est absolument semblable au premier de la mienne :

Ερασμίη πέλεία

Le mot : πέλεία désigne, en effet, au dire des commentateurs, cette espèce de colombes, dont le plumage est noir ou d'une blancheur nuancée de gris. Malgré le parentage de quelques idées, on voit combien les sujets de ces deux odes diffèrent.

III. (Page 13.)

Un soir, que des neuf sœurs écoutant les concerts,

Je crois que la forme mythologique convient à ce sonnet. Quel sujet la réclamait davantage ? Lorsque, dans l'année 1824, lord Byron arma et repartit pour le Levant, il ne s'agissait pas moins d'arracher la Grèce, ce berceau d'une mythologie, mère des sciences et des arts à la plus ignorante et tyrannique barbarie, qu'il ne s'agit, en ce moment, en France d'aller, avec le secours de nos armes, aider l'Italie à s'affranchir, une fois pour toutes, du joug de ses barbares et envahissants oppresseurs.

IV. (Page 17.)

Mais l'Osque étant venu, pour attirer les yeux
Sur son masque d'écorce, au baillement hideux,

Dans les représentations attellanes, qui furent les premières comédies, transmises aux Romains par les Etrusques, l'Osque était l'acteur chargé du rôle bouffon. L'écorce des arbres avait servi à former le masque effrayant, dont sa figure était couverte :

Oraque corticibus sumunt horrenda cavatis
VIRG. GEORG. II.

Ce masque fut, par la suite, consacré à Bacchus et on le plaçait, près des vignes, moins pour effrayer les oiseaux, que, pour attirer sur elles la protection du dieu. On le suspendait, vis-à-vis d'elles, aux branches élevées des pins et le côté où le vent le fesait tourner, promettait, suivant cette superstition, des vendanges abondantes. On appellait ce masque *oscillum*, nom qui rappelait son origine et d'où sont venus le mot : *oscillation* et le verbe : *osciller*.

Et té , Bacche, vocant, per carmina læta, tibique

Oscilla ex altâ suspendunt mollia pinu.

Hinc omnis largo pubescit vinea fœtu ;

Complentur vallesque cavæ saltusque profundi

Et quocumque deus circùm caput egit honestum.

VIRG. *Ibid.*

V. (Page *ibid.*)

Et toi, qu'à cet autel , de leurs bras entouré ,

Leurs gémissantes voix ont en vain imploré ,

Neptune !

L'enlèvement des Sabines eut lieu , pendant la célébration des jeux équestres , jeux qui étaient consacrés à Neptune et rappelaient le cheval que , lors de sa dispute avec Minerve , pour la nomination d'Athènes , ce dieu avait fait sortir de la terre , en la frappant de son trident. Les premiers Romains devaient probablement y fêter la fondation de leur ville.

VI. (Page 19.)

D'un rivage heureux

La Sirène enchanteresse ,

Parthénope,

La tradition fabuleuse dit que Parthénope, l'une des trois sirènes , éprise follement d'Ulyse , se retira loin de ses sœurs , à l'endroit même où Naples fut bâti et, de désespoir, se précipita dans la mer. De là vient que Naples s'est appelé longtemps *Par-thénope*, du nom de cette amante infortunée et que ce nom lui est encore aujourd'hui donné, en poésie. On peut voir, dans l'Odyssée d'Homère, le chant, par lequel, ces trois sœurs cherchèrent vainement à attirer le héros, dans leur piége, et qu'à la rigueur, on pourrait traduire ainsi :

De ces bords, noble Ulysse, approche et les merveilles,
Qu'exaltent nos concerts, viendront à tes oreilles.
Nul jamais ne franchit cet espace azuré,
Qu'avant, il n'aborda, par nos chants attiré,
Et qu'après, l'âme ainsi par les Muses nourrie,
Il ne revint plus docte, au sein de sa patrie.
Grecs, nous vous connaissons et vos exploits vainqueurs,
Et le sort que la Grèce, unie aux dieux vengeurs,
A porté, sur les flots, à cette Troie altière :
Pour nous, rien n'est caché, dans la nature entière.

Ce piége était-il aussi cruel qu'Homère le raconte ? Un poète du bas empire, Claudien, venant à parler de l'antropophagie des Sirènes, la caractérise, en peu de mots. Il dit qu'elle était, pour la victime, exempte de toute douleur et que c'était la volupté qui, elle-même, y donnait la mort :

Nec dolor ullus erat : mortem dabat ipsa voluptas.

Si, comme la passion de Parthénope paraîtrait le confirmer, il en était réellement ainsi, tout, dans ce récit n'aurait plus rien que de très croyable.

VII. (Page 22.)

Io !! Fils de Sémèle.

Cette première exclamation se trouve fréquemment, chez les poètes anciens. Il est à croire qu'elle n'était qu'un appel prolongé, au moyen de l'ô grave, que le redoublement *i* servait à renforcer. Les Latins prirent des Grecs son emploi, en poésie, et ne s'en servirent à leur exemple, que comme de l'onomatopée d'un appel éloigné.

Dans l'épithalame de Manlius et Junia, composé par Catulle, ce cri cherche à se faire entendre du dieu d'Hyménée, qui est censé habiter l'Olympe : *Io ! Hymen Hymenœe ! Io Hymen Hymenœe !*

Dans Virgile, au septième livre de l'Énéide, Amate, en proie au paroxisme de sa frénésie, s'en sert pour appeler à elle les mères, habitantes du Latium, celles mêmes qui ne sont pas présentes, comme ses paroles l'indiquent : *io*, *matres*, *audite*, *ubiquœque*, *latinœ*.

Dans Ovide, au troisième livre des Métamorphoses, Agavé appelle ses sœurs, au mont Cythéron, par le même cri : *Io, geminæ, clamavit, adeste, sorores!*

J'ai suivi, dans la manière d'écrire ce mot, l'orthographe émise par les Elzevier, laquelle, par le son prolongé de la seconde voyelle, est d'une analogie parfaite avec le Grec.

VIII (Page 29.)

> Cimarosa, dit-elle, à cette ombre entourée
> D'autres, qui la suivaient, sous un riant berceau,

Ceux qui, dans l'Elysée, entourent et suivent cet illustre compositeur, sont des poètes : telle a dû être la pensée de l'auteur Italien. Dans l'origine, la Musique était adhérente à la Poésie. Sans remonter jusqu'aux temps de Linus et d'Orphée, époque si ancienne, que la Fable l'a couverte de son voile, Homère et Hésiode chantaient leurs poèmes. Plus tard des rapsodes se chargèrent de ce soin. Anacréon, Simonide et Pindare chantèrent, eux-mêmes, longtemps après, des ouvrages de moindre haleine. Près de deux mille ans plus tard, Ronsard, nous assure-t-on, chantait ses odes, sur des airs de danse de son temps et, récemment, l'Alcée de la France, Béranger, ne pouvait souffrir qu'on se bornât à lui réciter ses chansons. Privée de la Musique, la

Poésie a de la peine à se faire entendre ; privée de la Poésie, la Musique n'est plus que son soupir.

IX. (Page 31 .)

Tu te souviens de tes héros,
Mais, pour trafiquer de leurs os,
Qui renchérissent l'urne atteinte
Par tes fils, dans son froid repos,

Voilà ce que j'ai vu à Rome, mais on m'a dit depuis que ce n'était pas seulement dans cette capitale, que des abus si tristes avaient lieu. J'ai vu les mains, qui ouvrent les tombes des anciens morts, pour en extraire leurs urnes, aller plus loin et ne respecter pas leurs cendres. Lorsqu'ils ne sont pas dispersés au loin, ces débris d'ossements restent exhumés, pour transparaître, dans celles de ces urnes qui, formées de cristal, ont le plus de prix. Exposés bientôt, dans un magasin, ils attendent de la curiosité des hommes, quelquefois même de leur fantaisie passagère, la sauve-garde qu'ils n'auront plus de leur piété. On dira que l'Étude, ne troublant plus un ordre de choses qui a cessé d'exister, peut, dans l'intérêt de la Science, s'emparer de ces urnes. Je le sais, mais ce pouvoir dû et accordé à l'Étude ne doit point aller jusqu'à la profanation des tombeaux.

X. (Page 35.)

Une ancre. Il y joignit ces flèches...

Le mépris, dans l'ancienne Rome, pour la prostitution publique, était telle qu'on reléguait, comme indignes d'être exposés au jour, les tombeaux des courtisannes, avec ceux des derniers malfaiteurs, dans les souterrains appelés *catacombes.* Celui qui, dans leur vie, avait eu le plus à se louer d'elles, fesait graver, sur leurs tombes, des symboles relatifs à leur profession. C'était une ancre, signe d'une affection inébranlable ; la flèche de Cupidon ; la palme indiquant un triomphe sur un rival ou une préférence sur plusieurs ; un fouet, avec lequel l'Amour est quelquefois représenté, dans les anciens bas reliefs, ou qui rappelait peut-être celui avec lequel Vénus était censée agiter le sabot d'airain, dans les sortiléges amoureux ; deux flèches, l'une ayant la pointe en haut et l'autre en sens inverse, indiquant la blessure amoureuse mutuellement donnée et rendue ; un lys, indiquant une fidélité irréprochable, etc., etc., insignes, qui allaient bientôt disparaître dans une nuit profonde.

XI. (Page 38.)

Tu n'es plus la terreur des peuples et des rois,
Capitole.

Du côté opposé au *Campo Vaccino,* ou l'ancien *Forum,* le terrain a conservé son niveau et le Capitole toute sa hauteur.

L'église de *Santa Maria ara-cœli* y occupe la place du temple de Jupiter Capitolin. La scène de ce sonnet a lieu, sur les dégrés les plus élevés de cet église. C'est l'antique Capitole. La partie qui porte aujourd'hui ce nom, située au bas de la *scalinata*, est l'ancienne Curie, lieu où le Sénat s'assemblait.

XIII. (Page 38.)

> Mais tout change. Un vainqueur, assis et pacifique,
> Vient, foulant les débris de la Fortune antique...

La Fortune des Romains n'était pas ce que nous entendons par ce nom. Ils érigèrent en divinité et nommèrent ainsi l'assurance que l'oracle de la Sybille de Cumes avait fait naître en eux. Cet oracle leur avait prédit un empire sans bornes et cette assurance leur faisait gagner leurs batailles. Ce fut elle qui les rendit maîtres de l'univers. On croit communément qu'avec le secours de la poudre, leur triomphe eût été plus facile : je suis loin de me ranger de cet avis. Je crois, au contraire, qu'ils auraient perdu successivement toutes leurs conquêtes, que, n'étant plus employé qu'à distance, leur courage n'eût pas tardé à s'amollir et que, le jour, où de vaillants adversaires, venant à se glisser sous leurs projectiles, les eussent abordés, avec le glaive ou la lance, on eût vu, aux dépens de l'aigle romaine, la différence du vainqueur et du vaincu. D'un autre côté, il n'est pas croyable qu'un peuple de héros se fût servi de ce moyen de combattre.

XIII. (Page 39.)

Alors que Rome, ayant plus d'un titre à ma veine,

Le passé de Rome et son présent constituent, pour elle, à la Poésie deux titres également splendides. Antique, elle se montre, à l'apogée de la gloire militaire et cette gloire est enfin accompagnée de celle des lettres. Moderne, elle tient le sceptre des arts.

FIN.

TABLE

DES MATIÈRES.

FIN DE LA TABLE.